Ahmed foge da guerra

ISA COLLI

Ahmed foge da guerra

ILUSTRAÇÕES DE ISABELLA BARBOSA

COLLI BOOKS

Grafia atualizada segundo o Acordo Ortográfico da Língua Portuguesa de 1990, que entrou em vigor no Brasil em 2009.

Todos os direitos reservados. Nenhuma parte deste livro poderá ser reproduzida, por qualquer processo, sem permissão por escrito da autora ou dos editores, exceto no caso de breves citações incluídas em artigos críticos e resenhas.

Copyright © 2023 Isa Colli

Editorial:
Luciana Paixão
Tais Faccioli

Administrativo:
José Alves Pinto

Revisão:
Cecilia Fujita

Diagramação:
Yanderson Rodrigues

Edição e Publicação:
Colli Books

Dados Internacionais de Catalogação na Publicação (CIP)

C355c   Colli, Isa.
1.ed.   Ahmed foge da guerra / Isa Colli; ilustrações de Isabella
        Barbosa. – Brasília, DF : Colli Books, 2023.

        68 p.; 15 x 21cm

        ISBN: 978-65-6079-000-1

        1. Literatura brasileira. 2. Literatura infantojuvenil.
        3. Refugiados. 4. Migrante. 5. Conflitos no Oriente
        Médio. I. Barbosa, Isabella II. Título.
                                                    CDU 82-9
                                                    CDD 028.5

Índice para catálogo sistemático:
1. Literatura infantil 028.5
2. Literatura infantojuvenil 028.5

Bibliotecária responsável:
Kathryn Cardim Araujo CRB 1/2952

LED Águas Claras
QS 1 Rua 210, Lotes 34/36 | Salas T2-0804-0805-0806 | Águas Claras | Brasília – DF | CEP 71950-770
E-mail: general@collibooks.com | www.collibooks.com

SUMÁRIO

Destruição e morte 7

Em busca da paz 17

Esperança de dias melhores 21

A vida por um fio 25

Desbravando um novo mundo 29

O recomeço 35

Força e persistência 47

Inspiração para seguir em frente 51

A descoberta do amor 57

A expansão dos negócios 61

Guerra e paz 65

DESTRUIÇÃO E MORTE

Ahmed é um garoto de 12 anos que vivia com os pais, Omar e Nádia, e Hana, sua irmã de 4 anos, em um país do Oriente Médio em guerra. A cidade onde eles moravam ficava em uma região próxima de uma zona de combate intenso. A violência e os confrontos eram constantes, colocando em risco a vida de todos os habitantes. As explosões provocadas pelas bombas eram realmente assustadoras.

A morte rondava a sua cidade, e todo dia era apenas mais um dia de horror. Vizinhos, amigos e parentes eram mortos ou feridos, e seu bairro estava sendo transformado em ruínas.

A insegurança e o medo de morrerem após cada ataque – que deixava casas, comércio, igrejas, hospitais e escolas destruídas – faziam com que se unissem em oração por dias melhores.

Ahmed tinha um primo mais velho, chamado Aziz, que perdeu os pais cedo e foi criado pelos tios. Certo dia, ele foi sequestrado por um grupo armado durante um confronto entre diferentes facções. Após um longo período de angústia, a sua família recebeu a visita de um voluntário da organização "Médicos sem Fronteiras":

— Bom dia, eu sou Dr. Michel Xavier. Estamos à procura da família do jovem Aziz Kalil. Os vizinhos informaram que ele vive aqui com seus tios, Omar e Nádia – disse o médico.

— Sim, ele vive aqui. Eu sou sua tia, Nádia. O senhor sabe onde Aziz está? – indaga Nádia com um aperto no coração.

— Senhora, infelizmente as notícias não são boas.

— Oh, meu Deus!

— Uma de nossas equipes encontrou o seu sobrinho em uma caverna que fica próxima das nossas instalações.

— Ele está vivo?

— Não. Já o encontramos sem vida.

— Oh, Deus... – choramingou a mulher.

— Ele foi brutalmente assassinado e o corpo já estava em decomposição. Precisamos de um parente próximo para fazer o reconhecimento.

— Não pode ser! Meu sobrinho também se foi... tantos planos pela frente... tantos sonhos... – lamentou Nádia, sendo amparada pelo médico.

— Sinto profundamente pela sua perda, senhora Nádia. Compartilho da sua tristeza diante dessa tragédia – solidarizou o médico.

— Sabemos o quanto é doloroso receber uma notícia dessas, mas viver em constante incerteza é pior.

— Como tem certeza de que é ele?

— Seus documentos foram encontrados jogados ao lado do corpo – afirmou o médico.

— Vou chamar o meu esposo e vamos acompanhá-lo – falou com lágrimas nos olhos.

— Obrigada pelo esforço que você e sua equipe fizeram para nos localizar e possibilitar a Aziz um sepultamento digno. E agradeço sinceramente pelo trabalho que realizam, salvando tantas vidas de forma voluntária.

— Cumprimos com o nosso dever, senhora. Espero que tenham força para superar esse trauma – disse o médico.

— Será muito difícil passar por mais um episódio doloroso dessa guerra absurda. É lamentável que conflitos e guerras destruam tantas famílias.

— Essa é uma grande verdade.

Após a confirmação de que o corpo encontrado era, de fato, o de seu amado sobrinho Aziz, Nádia e seu marido compartilharam a dolorosa notícia com os demais membros da família. Em seguida, organizaram o funeral de acordo com as suas tradições religiosas.

Esse evento traumático aumentou o medo da família de Ahmed e os fez temer pela segurança de seus outros membros.

    Com dedicação, os pais de Ahmed mantinham uma pequena mercearia no coração da sua comunidade. Entretanto, enfrentavam a difícil decisão de encerrar a única fonte de subsistência da família, devido à generalizada escassez de alimentos.

    — Nádia, o estoque na mercearia está quase acabando. Não sei como fazer para manter as prateleiras cheias – afirmou Omar, desolado.

    — Estamos afundados em um abismo de angústia e incerteza – respondeu a mulher, sem esperança.

    — Precisamos encerrar nossas atividades.

    — Sim. Não temos escolha.

Depois de mais algum tempo tentando salvar o comércio, optaram mesmo por fechar.

A história de Ahmed e sua família ecoa, em muitos aspectos, a dolorosa realidade vivida por inúmeras pessoas encurraladas no tumulto da guerra. Eles estavam enfrentando períodos prolongados de fome e carência, e travando uma batalha árdua a cada dia para obter o necessário para saciar a fome e garantir a sobrevivência.

Esse cenário desolador os levaria a refletir profundamente sobre seus destinos e sua luta pela sobrevivência em um país completamente devastado pela guerra. Era uma realidade na qual testemunhar a destruição e a morte, frutos do conflito armado, tornara-se um evento repetitivo e doloroso.

Diante disso, a família não tinha outra alternativa senão buscar um refúgio seguro para si e, especialmente, para seus filhos.

A violência e a destruição, outrora inimagináveis, haviam se tornado uma presença constante e angustiante. Diante dessa cruel realidade, a família compreendeu que a tomada de uma decisão crucial era iminente: fugir em busca de segurança e paz, por uma nova chance em terras distantes, mas potencialmente mais acolhedoras.

— Nádia, entendo que estamos diante do desafio mais árduo de nossas vidas, mas não temos outra escolha: ou partimos, ou aguardamos que a tragédia nos alcance. Não podemos nos dar ao luxo de perder mais tempo.

— Eu sei, Omar. A parte mais difícil é reconhecer que não podemos proteger Ahmed e Hana de outra forma.

— Lembre-se, minha querida, que você é uma mulher forte e resiliente, que sempre me sustentou nos momentos difíceis.

— Você está certo, meu amor. Juntos, enfrentaremos mais esse desafio.

Determinada a oferecer um futuro seguro e promissor a seus filhos, a família estava pronta para a difícil jornada que se desenhava.

À medida que traçavam seus planos, também estavam cientes dos obstáculos que poderiam encontrar no país de acolhimento. A emigração não seria isenta de desafios.

O novo começo, por mais almejado que fosse, traria consigo as dificuldades de adaptação cultural, a barreira do idioma, o preconceito, a falta de documentação legal e a incerteza do que o futuro reservava. No entanto, a determinação de oferecer uma vida melhor para suas crianças era mais forte do que qualquer incerteza.

A família de Omar e Nádia sabia que essa jornada seria uma prova de resistência. No entanto, unidos pela coragem e pelo amor, estavam dispostos a enfrentar tudo o que viesse pela frente, em busca de um lar onde a paz e a segurança fossem mais do que um sonho inalcançável.

Eles testemunharam repetidamente a destruição e a morte causadas pelo conflito armado, e decidiram que era imperativo buscar um lugar seguro para si mesmos e para seus filhos. A violência e a destruição eram uma realidade cotidiana, e a família sabia que precisava tomar uma decisão difícil: fugir em busca de segurança e paz.

Antes de conversar com os filhos, Omar e Nádia avaliaram a situação, ponderaram todos os prós e contras de deixar a cidade natal, informaram-se sobre os locais onde obteriam ajuda, para quais países poderiam ir e como fariam para executar seus planos sem arriscar a vida das crianças.

Optar por fugir da guerra no Oriente Médio foi uma decisão angustiante. Assim como muitos outros, eles estavam preparados para deixar tudo para trás, devido aos conflitos devastadores, e enfrentar os desafios ao chegar ao país de acolhimento.

Conscientes de que o risco era alto, e com a firme convicção de que a jornada seria árdua, mas que a esperança os guiaria e a recompensa poderia ser inestimável, eles partiram em busca de um refúgio distante que pudesse finalmente proporcionar-lhes paz e estabilidade.

Omar, que era muito estudioso e gostava de ler biografias de grandes líderes mundiais, lembrou à esposa que muitos dos homens e mulheres que fizeram história foram um dia refugiados.

— Omar, a única coisa que me incomoda é o fato de estarmos em fuga e termos de viver na clandestinidade por um tempo.

— Nádia, nós não estamos cometendo crime algum. Seremos refugiados como todas as pessoas que vivem em deslocamento forçado no mundo.

— Eu sei, mas é difícil me imaginar nesta situação.

— Pois saiba, querida, que muitas personalidades que admiramos já foram refugiadas. Um exemplo é o Albert Einstein, que nós conhecemos como o pai da Teoria da Relatividade. Ele nasceu em UIM, no Reino de Württemberg, Império Alemão (atual região de Baden-Württemberg, Alemanha). Em março de 1933, quando voltava à Europa de navio após uma viagem, ele e sua esposa receberam a notícia de que o Parlamento alemão havia aprovado a Lei de Capacitação, estabelecendo o regime nazista no país. Devido à sua origem judaica, Einstein foi alvo de perseguição, acusado de trair os alemães, e para escapar dos seus perseguidores refugiou-se na Bélgica, na Grã-Bretanha e, por fim, nos Estados Unidos, onde obteve a cidadania local em 1940 e residiu até a morte.

— Eu não tinha conhecimento disso.

— Então, sabe quem também foi refugiado? Freud. O pai da psicanálise, que tantas pessoas têm como referência até hoje, nasceu em Freiberg in Mähren, Morávia, Império Austríaco (hoje Příbor, República Tcheca). Filho de pai judeu, ele foi perseguido durante um período conturbado da história, perdeu a nacionalidade e teve de deixar a Áustria quando a Alemanha nazista anexou o país, em 1938. Sem alternativa, Freud mudou-se com a mulher e os filhos para Londres, onde receberam a condição de refugiados políticos.

— Nossa, Omar, esses relatos até me encorajam, porque mostram como a questão do deslocamento forçado pode afetar qualquer pessoa.

— É isso. Vamos mirar no horizonte e começar a mudar a nossa história a partir de agora.

EM BUSCA DA PAZ

Com o pouco dinheiro que lhes restava, começaram a planejar a fuga. Eles sabiam que seria uma jornada perigosa e incerta, mas a esperança de uma vida melhor impulsionava-os a seguir adiante. Durante as noites, Omar lia notícias e pesquisava rotas de fuga, enquanto Nádia organizava os pertences e preparava as crianças para a viagem.

— Meu filho, sente-se aqui. Precisamos conversar sobre algo muito importante. A guerra está ficando cada vez pior, e acredito que chegou o momento de pensarmos em nossa segurança.

— Eu sei, pai. Tenho medo de tudo. Não consigo dormir tranquilo há muito tempo. Ouvir os tiros e explosões todos os dias é assustador.

— Pois então, meu filho. Nossa família já sofreu o suficiente com essa guerra. Eu não quero que você cresça em um lugar onde a violência e o medo se tornaram a norma. Precisamos partir e recomeçar em um lugar seguro.

— O que você quer dizer, pai? Para onde iríamos?

— Tenho ouvido histórias de pessoas que buscaram refúgio e oportunidades na Europa. A União Europeia tem demonstrado uma notável disposição para receber e apoiar pessoas que fogem de zonas de conflito. Acredito que poderíamos fazer o mesmo.

— Mas como faremos isso, pai? Não temos dinheiro suficiente e não conhecemos ninguém lá.

— Sei que não será fácil, meu filho. Teremos que enfrentar muitos desafios pelo caminho. Cultura, idioma e até preconceito. Mas não podemos deixar o medo nos paralisar. Existem organizações e pessoas que estão dispostas a ajudar famílias como a nossa, que estão fugindo da guerra. Vamos buscar apoio e orientação para tornar essa jornada possível.

— Eu confio em você, pai. Se é a única maneira de termos uma vida tranquila e segura novamente, então estou disposto a enfrentar qualquer coisa. Só não quero mais viver com medo todos os dias.

— Eu também não quero mais viver assim, meu filho. Faremos tudo o que estiver ao nosso alcance para garantir a segurança e o futuro de nossa família. Prometo que encontraremos um caminho e, juntos, enfrentaremos essa jornada.

— Estou com medo, mas sei que seremos fortes o suficiente para superar qualquer coisa.

— Exatamente, meu filho! Vamos nos apoiar mutuamente e nunca perder a esperança. Juntos, encontraremos um lugar onde poderemos viver em paz e construir um futuro melhor. Estamos fugindo da guerra em busca de uma vida digna e segura.

ESPERANÇA DE DIAS MELHORES

O dia da partida finalmente chegou. Despediram-se dos parentes e dos amigos que preferiram ficar, com lágrimas nos olhos. Levaram consigo apenas mochilas com roupas e fotos preciosas. A família partiu no meio da noite, quando a escuridão fornecia um pouco mais de proteção.

Com tudo pronto, Omar chamou o filho, enquanto Nádia chamava Hana.

— Ahmed, Hana... acordem. Chegou a hora de partir.

Ahmed nem se mexia. O pai pegou o garoto nos braços e insistiu:

— Vamos, filho. Temos que ir.

O menino se levantou assustado.

— Já está na hora?

— Sim. A guerra não vai nos poupar. Precisamos encontrar outro país para viver.

— Encontraremos.

— Sim, encontraremos, filho – disse Omar.

Já Hana pulou da cama rápido, sem nenhum questionamento. Nádia beijou as crianças, tomou Hana em seus braços, pegou o *kit* de sobrevivência e saiu com os filhos e o marido.

A viagem foi extremamente desgastante e repleta de perigos. O velho carro só conseguiu levá-los até parte do caminho; sem combustível, precisou ser abandonado. Cruzaram fronteiras, buscando refúgio nas florestas e conseguiram atravessar um deserto traiçoeiro. Dias inteiros foram passados com alimentação escassa, racionamento de água e enfrentamento de noites gélidas, sempre ameaçados de captura por algum exército inimigo ou pelo risco constante de bombardeios.

Apesar da aparente coragem para enfrentar o caminho da esperança por dias melhores, o medo era constante. Depois de percorrerem vários quilômetros por terra, finalmente chegaram a um porto. O objetivo da família era tentar atravessar a fronteira de barco, pelo mar.

Mal chegaram ao cais e já foram abordados por um rapaz que se ofereceu para fazer a travessia de todos.

— Estão em fuga? – perguntou o jovem.

— Quem é você? – perguntou Omar, desconfiado.

— Eu ajudo as pessoas a fugirem pelo mar. Ainda tem vaga para vocês naquele barco – disse, apontando para uma pequena embarcação já lotada.

— E o que tenho que fazer?

— É só pagar pelo meu serviço. Também dou um colete para cada um.

Sem muita alternativa, o pai de Ahmed aceitou a proposta. Pegou parte do pouco dinheiro que estava guardado na mochila e entregou ao homem. Eles foram levados para o barco.

Assim que se acomodaram em um canto, começaram a orar. Omar olhou para a família e disse em voz baixa.

— Desculpem, não temos alternativa.

Assustada com o ambiente do barco, Hana começou a choramingar:

— Mamãe, quero ir embora daqui. Não gosto desse lugar.

Com medo de despertar a ira do piloto, Nádia tentou acalmá-la, mas a menina estava cada vez mais desesperada. Até que ela se lembrou de uma música que Hana gostava de ouvir quando era bebê. Nádia encostou o rosto próximo ao ouvido da filha e começou a cantar:

— Lembra dessa canção? Essa música te faz feliz, meu amor.

No início, Hana ficou ainda mais agitada, mas aos poucos foi se tranquilizando. Passados alguns minutos, a garotinha acabou dormindo nos braços da mãe. Todos ficaram aliviados.

A VIDA POR UM FIO

Durante a travessia de 10 dias pelo Mar Mediterrâneo, em um bote inflável superlotado, uma tempestade violenta começou a se formar. O céu, que antes estava relativamente calmo, escureceu rapidamente, e as ondas começaram a crescer em tamanho e força, sacudindo o barco de maneira assustadora. Os ventos fortes chicoteavam a água, fazendo com que a embarcação parecesse uma folha frágil à mercê da fúria da natureza. O medo espalhou-se rapidamente entre os passageiros, cada um deles lutando para se manter firme em meio à tormenta.

Enquanto a tempestade aumentava em intensidade, a frágil embarcação lutava para se manter à tona. O barulho ensurdecedor dos trovões misturava-se aos gritos desesperados das pessoas a bordo.

— Mãe, estou com medo!

A voz de Hana se misturava aos soluços.

— Vai ficar tudo bem, meu amor. Juntos, vamos superar isso! – respondeu a mãe com determinação.

Entre os passageiros estava um garoto chamado Ali, cuja vida já havia sido marcada por uma tragédia anterior. Vítima do caos e do horror que a guerra sempre traz consigo, ele havia perdido um braço durante um bombardeio e estava com a sua mãe nessa jornada de fuga. Mas o pior ainda estava por vir.

A fragilidade da embarcação tornou-se ainda mais aparente quando uma onda colossal atingiu o barco com força, virando-o de lado. Pânico e caos seguiram-se, com as pessoas sendo lançadas ao mar agitado, lutando para não serem engolidas pelas águas traiçoeiras. Mas a mãe de Ali não conseguiu se segurar e desapareceu no mar.

Ahmed, desesperado, procurava manter-se à tona. Ele e seu pai conseguiram se agarrar a uma boia que passava flutuando. Sua mãe também se agarrou à boia e mantinha a sua pequena Hana acima das águas. Estavam nadando de volta ao barco quando perceberam que Ali precisava de ajuda.

— Pai, pai... o Ali está se afogando! – falou Ahmed com a voz embargada pelo desespero.

Omar nem pensou muito. Deixou a família aos cuidados da esposa e foi ajudar a criança. Juntos, conseguiram retornar ao barco, mantendo-se unidos na luta pela sobrevivência.

Após um tempo agonizante, um navio de resgate finalmente apareceu ao longe, como um raio de luz em meio à escuridão. Equipes de salvamento lançaram-se ao mar revolto, arriscando suas vidas para salvar os sobreviventes que lutavam nas águas. A família de Omar, incluindo Ahmed, sua mãe e a pequena Hana, foi resgatada e levada a bordo do navio, onde finalmente encontrou abrigo seguro, juntamente com Ali.

Enquanto recebiam cuidados médicos e se recuperavam da provação angustiante, a história de Ali emergiu. Ele havia perdido sua mãe naquela travessia perigosa. Os pais de Ahmed, movidos pelo instinto de compaixão, não hesitaram em estender sua mão a Ali. Eles perceberam a dor e a vulnerabilidade do jovem menino mutilado pela guerra e o acolheram em sua família.

A narrativa que se desdobrou foi um testemunho vívido do poder transformador do cuidado e do apoio humano. A história de Ali, Ahmed e sua família foi intrinsecamente envolvida pela tragédia, mas também pela esperança. Enquanto se recuperavam juntos, criaram laços de amor e amizade que transcenderam suas origens e desafios.

DESBRAVANDO UM NOVO MUNDO

Apesar do perigo e do trauma vivenciado, Omar, Nádia, Ahmed, Hana e Ali tiveram a sorte de sobreviver à tempestade e chegar bem ao destino. Outro homem já estava a postos para receber o grupo de refugiados e, encaminhá-los ao centro de acolhimento.

— Vamos, vamos rapazinho! Desce do barco antes que os policiais apareçam e levem a todos.

— Isso é verdade, pai? – perguntou Ahmed.

— Sim, é verdade. Entramos no país de forma irregular, sem passar pelo processo de imigração, e não possuímos autorização de residência. Se formos interceptados pela polícia, corremos o risco de sermos mandados de volta para as situações difíceis que deixamos para trás. No entanto, chegaremos ao campo de refugiados — declarou Omar, com uma nota firme de determinação em sua voz.

Ahmed, os pais, a irmã e Ali desembarcaram e caminharam em direção à estação de trem, onde começaram a próxima etapa do projeto de fuga. Esse momento marcou o início de uma sequência ininterrupta de novos desafios. O frio intenso era tão implacável que, por pouco, não congelava suas mãos e pés, quase impedindo-os de avançar.

Além disso, a água e os escassos suprimentos recebidos no navio eram poupados a todo custo a fim de não comprometer o sucesso da viagem.

Aqueles que optam por escapar de uma guerra geralmente se deparam com opções extremamente limitadas: deixar para trás praticamente todos os seus pertences e recomeçar do zero, contando com a solidariedade onde quer que cheguem, ou permanecer onde estão e arriscar suas vidas.

Em algumas situações, quando áreas de conflito são evacuadas, os civis são realocados para locais seguros, onde recebem abrigo e proteção.

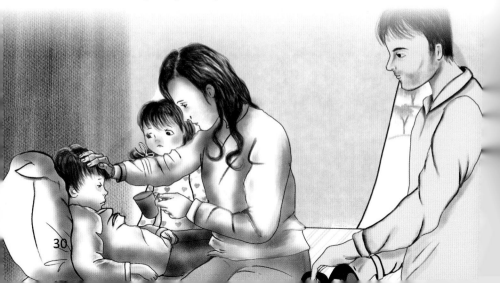

Infelizmente, esta não foi uma experiência vivenciada por Ahmed e sua família. Eles fugiram da guerra, da escassez e dos horrores dos bombardeios por conta própria, sem receber assistência oficial.

Durante a viagem, Ahmed começou a tossir. Logo veio uma febre alta e manchas pelo corpo. A família teve de parar e buscar ajuda em um posto de atendimento da Cruz Vermelha. Isso foi resultado do acidente no mar, com certeza!

— O que você está sentindo? — perguntou a mãe.

— Estou sem forças e com dor na garganta.

— Vai passar, filho. Fique com seu pai porque vou preencher o formulário para a consulta.

Preocupado, Ali não saía de perto de Ahmed. Depois do atendimento, o menino precisou ficar em observação. Medicado, o garoto começou a suar, a febre cedeu e a tosse também começou a ficar mais espaçada. Depois de algumas horas, as manchas desapareceram e o menino estava se recuperando. O médico liberou o jovem e o seu pai, então, perguntou:

— Tem certeza de que já podemos partir?

— O médico disse que posso e estou me sentindo bem.

— Não acham melhor esperar mais um pouco? – perguntou Ali.

— Não se preocupe, Ali. Já estou melhor e precisamos seguir viagem.

— Então vamos — disse Omar.

Depois de mais de um dia de jornada, a família finalmente chegou a um país que lhes ofereceria refúgio. Um jovem se aproximou e perguntou:

— Olá. Tudo bem? Vocês parecem cansados. Eu me chamo Antônio e posso ajudá-los. Vocês têm para onde ir?

— Não. Viemos de longe, de um país em guerra. Nosso bairro foi completamente destruído em um bombardeio. Tivemos a sorte de conseguir chegar até aqui — respondeu Omar.

— Então venham comigo. Vou levar vocês para um lugar seguro — disse o rapaz, estendendo a mão para a irmã de Ahmed.

Depois de quase duas horas, chegaram a um local com centenas de barracas comunitárias. Foram recebidos em um campo de refugiados. Parecia um sonho ter chegado até ali.

Antônio apresentou Melina, sua esposa, que se apressou para acomodá-los em uma das barracas. A jovem era muito querida e respeitada por todos, pois dedicava a vida a acolher os refugiados.

— Venham comigo. Aqui não temos luxo, mas temos uma estrutura básica para oferecer a vocês. Espero que gostem – disse ela.

— Obrigado por tudo! – respondeu Omar.

— Espero que fiquem bem e que as crianças se adaptem ao nosso acampamento – acrescentou a esposa de Antônio.

— Apesar de tão novos, nossos filhos carregam na memória muitas histórias tristes, mas tenho certeza de que aqui eles vão começar uma nova fase. Vocês não têm noção do bem que estão fazendo à nossa família! – falou Nádia.

— Ficamos felizes em ajudar. Já está tudo preparado: separamos toalhas e algumas roupas. Venham comigo que vou levá-los ao espaço onde tomamos banho. Depois, vocês farão uma refeição e acho que vão precisar descansar.

— Com certeza! Você está nos oferecendo tudo o que mais precisamos neste momento! – comentou Nádia.

Eles tomaram banho, comeram e foram dormir.

Alguns dias se passaram. Ahmed, depois de tanto sufoco, estava feliz no campo de refugiados. Ele, o novo irmão e a irmã se enturmaram com as outras crianças e se adaptaram à rotina por ali.

O RECOMEÇO

Antônio disse a Omar que ele e sua família poderiam permanecer no acampamento pelo tempo que fosse necessário. Muitos já moravam ali há algum tempo.

No entanto, viver em uma barraca, com pouquíssimo conforto, estava longe de ser a vida que eles almejavam. Ele queria um verdadeiro lar para sua família.

— Agradeço profundamente, meu amigo. Nunca poderei retribuir tudo o que vem fazendo por nós.

– Não precisa agradecer. Minha missão é ajudar os imigrantes.

Os dois se abraçaram calorosamente, consolidando uma amizade sincera. O momento foi marcado por uma emoção intensa. No entanto, Omar estava determinado a não se acomodar com aquela situação.

Ele convocou a família para uma conversa importante:

— Precisamos encontrar um lugar que seja só nosso.

— O senhor está certo. Aqui temos o básico, mas não podemos estagnar.

— Isso mesmo, filho. Não podemos ficar aqui indefinidamente. Você, Ali e sua irmã precisam retomar os estudos, e eu devo buscar um emprego.

— Você está absolutamente certo! — afirmou a mãe, demonstrando sua concordância com a decisão.

— Hoje mesmo irei em busca de uma oportunidade de trabalho.

Ahmed e a sua família sabiam que recomeçar a vida em um novo país seria uma experiência desafiadora e emocionalmente complexa para um refugiado.

Eles também tinham a consciência de que muitos enfrentam uma série de obstáculos, incluindo a barreira do idioma, as dificuldades financeiras, a falta de apoio emocional e, às vezes, a discriminação por parte da população local.

Seus pais, no entanto, estavam dispostos a enfrentar o desafio de recomeçar. Omar fala inglês e, por conseguinte, conseguiu fazer algumas entrevistas de emprego, uma delas para trabalhar no almoxarifado de uma loja de departamentos. O pai de Ahmed tinha experiência nesse ramo e ficou esperançoso.

— O senhor chegou há muito tempo em nossa cidade? – perguntou o recrutador.

— Não, acabei de chegar a este país. Vim de longe. Minha família vivia no Oriente Médio.

— Ah, sim. Longe mesmo... E qual sua experiência na área de almoxarifado?

— Eu trabalhei por dois anos em uma empresa que não tinha uma organização logística e estava com sérios problemas com clientes e fornecedores. Eu implantei um sistema de controle de recebimento de mercadorias, classificação, armazenagem e distribuição de todo o material, que deu muito certo. Eu só saí de lá porque tive a oportunidade de montar meu próprio comércio.

— Muito bom! Agradeço sua disponibilidade e entraremos em contato – disse o homem, levando Omar até a porta.

Omar aguardou por um tempo, acreditando que seria chamado. A vaga, no entanto, foi preenchida por outra pessoa. O pai de Ahmed começou uma nova busca, mas não conseguiu nenhuma vaga. Até que a família foi ajudada por uma agência de refugiados. Conseguiram o visto humanitário e um lugar para morar.

A casa era simples, mas tinha tudo que precisavam. Ficava em um vilarejo próximo ao campo de refugiados e Ahmed não precisaria se afastar dos novos amigos. Para o menino, era muito gratificante sentir-se seguro e protegido de novo. Nada era melhor do que poder dormir sem o medo de que uma bomba explodisse sobre sua cabeça.

Ali, por vezes, sentia uma tristeza profunda que parecia envolvê-lo como um manto sombrio. O vazio deixado pela perda de sua mãe era uma ferida que estava longe de cicatrizar. Nos momentos mais solitários e introspectivos, ele sentia uma saudade avassaladora da voz suave e acolhedora dela, dos toques amorosos de suas mãos e dos olhares cheios de ternura que compartilhavam.

— Você parece distante, Ali. Aconteceu algo?

— São apenas pensamentos, Ahmed. Às vezes, uma saudade aperta forte – respondeu Ali, olhando para o horizonte.

Ahmed colocou a mão no ombro de Ali e disse:

— Eu entendo. A perda da sua mãe é algo que sempre estará em nossa memória. Mas você não está sozinho. Nós estamos aqui por você.

— Ali, você sabe que faz parte da nossa família agora. E família cuida um do outro – afirmou Nádia, sentando-se ao seu lado.

— Eu sei, Nádia. É só que... sinto falta dela.

— E ela sempre estará em seu coração, meu querido. Eu estou aqui para cuidar de você, assim como ela faria.

À noite, quando as sombras se alongavam e a tranquilidade do mundo exterior cedia lugar ao reino dos sonhos, Ali frequentemente era assombrado por pesadelos intensos. O naufrágio que havia tirado a vida da sua mãe, e deixou marcas indeléveis em sua própria jornada, era um espinho que cutucava sua mente durante as horas mais vulneráveis do sono. Ele revive aqueles momentos de desespero, a embarcação sendo engolida pelas ondas revoltas e os gritos de angústia ecoando em seus ouvidos.

Ali acorda assustado, respirando pesadamente, e Omar entra no quarto.

— Ali, está tudo bem?

— Só... só um pesadelo. Eu vi tudo de novo! – diz ofegante.

Omar senta-se na beira da cama e diz:

— Ei, olhe para mim. Foi apenas um pesadelo. Você está seguro aqui.

Mas é que tudo parece tão real, suspira o jovem. Desculpe por acordar você.

— Não precisa se desculpar. Somos uma família e estamos aqui para apoiar uns aos outros – afirmou com gentileza.

Com o passar dos meses, a presença de Omar e Nádia se tornou um porto seguro na vida do garoto. Ele deixou de ser apenas um sobrevivente das adversidades para se tornar uma parte vital do círculo de afeto e apoio que envolvia essa família. A sensação de pertencimento crescia a cada dia, e o jovem também adorava compartilhar a mesa com eles, criando laços ainda mais profundos e especiais em torno da refeição.

Nádia, com seu coração generoso e amor incondicional, tinha uma maneira única de tocar a alma de Ali.

— Ali, o que você acha de experimentarmos uma nova receita hoje? – perguntou Nádia enquanto preparavam o café da manhã.

— Claro, Nádia! Adoro cozinhar com você! – afirmou sorrindo.

— E eu também quero ser o degustador oficial dessa receita – diz Omar entrando na cozinha.

— Claro, vamos aproveitar todos! – exclama a senhora toda animada.

— Sabe, nunca pensei que pudesse me sentir assim novamente. Fazer parte de uma família.

— E você sempre será parte dela, Ali! – afirmou um Ahmed sorridente.

— E queremos que você se sinta em casa, pois aqui é sua casa e somos a sua família – completa Nádia colocando a mão no ombro de Ali.

Os abraços de Nádia eram como uma poção mágica para a dor que Ali carregava. Cada abraço transmitia uma sensação de pertencimento e segurança que ele pensava ser impossível encontrar novamente após a perda de sua mãe. No calor de seus abraços, as lembranças dolorosas e os pesadelos começaram a recuar, substituídos pela sensação de estar exatamente onde ele deveria estar.

Nádia também se tornou uma ouvinte atenta, uma confidente que estava sempre pronta para ouvir as palavras não ditas em seus olhos tristes. Nas noites em que as lembranças se tornavam particularmente esmagadoras, ela estava lá para enxugar suas lágrimas e oferecer palavras de conforto que penetravam em sua alma. Ela entendeu a importância de dar espaço para sua tristeza enquanto o incentivava a abraçar o presente e a construir um futuro de esperança.

— Você não está sozinho, Ali.

— Obrigado, Nádia. Você é como uma mãe para mim.

— E eu sempre estarei aqui para você.

Ali, por sua vez, começou a se abrir para os outros membros da família com uma timidez gradual, mas sincera. Os sorrisos que antes eram raros agora se tornavam mais frequentes, alimentados pelo amor genuíno que ele recebia.

Ele compartilhou histórias de sua mãe e suas memórias de infância, transformando a tristeza das lembranças em uma celebração da vida que sua mãe lhe forneceu.

A pequena Hana também desempenhou um papel crucial nesse processo de cura. Sua alegria contagiante e sua espontaneidade eram um lembrete constante de que uma vida continha momentos de alegria e admiração, mesmo nas fases mais difíceis. Ali tornou-se um parceiro de brincadeiras para Hana, e as risadas que ecoavam na casa eram um testemunho da jornada de transformação que todos trilhavam juntos.

Enquanto a tristeza e a dor ainda eram visitantes habituais, Ali aprendeu a equilibrar esses sentimentos com momentos de felicidade e gratidão. Ele encontrou força na família que o acolheu, na nova mãe que o abraçou e cuidou dele, e nas lembranças preciosas que ele mantinha de sua genitora. Cada dia era uma jornada de descoberta e cura, um passo em direção a um futuro que estava sendo construído sobre os alicerces do amor e da resiliência.

— Você encolheu, Hana! – afirmou Ali sorrindo.

— Claro que não! Eu cresci muito! – responde Hana com carinho.

— Vocês são dois brincalhões! – fala Ahmed enquanto os observa.

— A vida é bela, Ahmed!

As crianças logo se adaptaram ao novo lar e à vizinhança, o que deixou seus pais mais tranquilos. Já no primeiro dia após a mudança, elas brincaram o dia inteiro até a hora de ir para a cama. Foi nesse momento que Nádia e Omar puderam finalmente relaxar. Só então tiveram a certeza de que uma nova vida estava começando.

— Vem aqui, meu amor. Me dê um abraço – disse Omar para a esposa.

— Como é bom não se sentir o tempo todo ameaçada! Sempre temi que o pior pudesse acontecer à nossa família, mas Deus nos protegeu – falou Nádia.

— É verdade. Agora que estamos seguros e acolhidos, temos de seguir em frente para retomar nossa rotina. Não será fácil, mas tenho a certeza de que o pior já passou.

— Sim, meu amor. Vamos em busca de novas oportunidades. Garanto que não nos faltará disposição.

Um mês depois da mudança, os pais de Ahmed conseguiram emprego. Ele, a irmã e Ali foram matriculados em uma escola e começaram a aprender o idioma local. Ahmed, Nádia, Omar, Ali e Hana construíram laços de amizade com outros refugiados, pois sabiam o quanto era importante se organizarem para que pudessem ser aceitos por todos e se adequar aos costumes e regras locais.

Omar queria para si, sua família e todos os demais refugiados um futuro melhor nessa que agora era também a pátria deles. Não deixaria as dificuldades do passado frustrar a esperança de dias tranquilos.

Com o tempo, a família foi se integrando à comunidade. Eles fizeram amigos, estabeleceram-se em uma casa um pouco maior e procuraram construir um futuro promissor. Aos poucos, as lembranças da guerra foram substituídas por novas memórias de esperança e resiliência. Fortalecido, Omar decidiu fazer uma proposta à esposa:

— Querida, eu tenho um sonho que queria dividir com você.

— Sonho? Então me conta. Fiquei curiosa.

— Eu gostaria de retornar ao ramo do comércio, que era a nossa tradição familiar.

— Ah, Omar. Logo agora que estamos com emprego e com a vida tranquila?

— Sim, você sabe que sou apaixonado por culinária e sabores exóticos. Se eu abrir uma mercearia, vou poder compartilhar os produtos de nossa terra natal com as pessoas daqui.

— Se é isso que você quer, eu lhe dou todo o apoio.

— Obrigado, Nádia. Tenha confiança. Tudo vai dar certo.

Movidos pelo amor, Omar e Nádia decidiram embarcar na emocionante jornada de tornar seu sonho uma realidade. Conscientes dos desafios que encontrariam, mantiveram-se firmes na determinação e no apoio mútuo para superar cada obstáculo que surgisse.

Sabiam que a jornada daqueles que imigram não é isenta de dificuldades, mas a nova vida que estavam construindo no país que os acolheu adquiriu um significado mais profundo com a realização desse sonho compartilhado.

Planejaram tudo e colocaram mãos à obra.

FORÇA E PERSISTÊNCIA

Com muita persistência, eles fundaram uma pequena mercearia especializada em ingredientes e especiarias do Oriente Médio. O local era modesto, mas cheio de produtos autênticos, como ervas, azeites, grãos e temperos típicos do Oriente Médio.

No início, a família enfrentou desafios para atrair clientes, uma vez que muitos não estavam acostumados com os sabores e ingredientes daquela região. Quando Omar pensou em desistir, foi o filho que o incentivou a perseverar.

— Filho, vamos precisar fechar a mercearia.

— Que é isso, papai! Esse é seu sonho! Não desista!

— É que até agora só tivemos prejuízo, e daqui a pouco não vamos conseguir mais pagar as contas.

— Comércio é assim mesmo, pai. Leva tempo para construir uma clientela fiel. Não acredito que esse homem forte que eu tanto admiro e que enfrentou todo tipo de obstáculo para fugir da guerra, agora esteja tão desanimado.

— Tem razão, filho. Vamos tentar mais um pouco.

— É assim que se fala, pai!

Eles persistiram e começaram a estudar formas de atrair movimento para a loja. Até que Ahmed teve uma ideia:

— Pai, por que não organizamos eventos de degustação para apresentar as delícias da culinária do Oriente Médio? Acho que o pessoal vai gostar, hein?

— Ótima ideia! Vamos fazer uma grande festa para divulgar nosso comércio.

Omar e Ahmed fizeram a primeira degustação. Foi um sucesso. Nas semanas seguintes, repetiram o evento. A loja passou a ficar sempre movimentada.

E a mercearia começou a ganhar popularidade. As pessoas ficavam fascinadas com os aromas diferentes, as especiarias vibrantes e a oportunidade de experimentar algo novo. Omar e Ahmed tornaram-se figuras queridas na comunidade, sendo conhecidos por sua hospitalidade e paixão pela culinária.

A mercearia virou ponto de encontro de pessoas interessadas em conhecer diferentes culturas e sabores. Omar e sua equipe começaram a oferecer aulas de culinária, compartilhando as receitas tradicionais de seu país e ensinando aos clientes como preparar pratos autênticos.

Com o tempo, o comércio cresceu além das expectativas da família. Omar conseguiu abrir uma pequena cafeteria ao lado, onde as pessoas podiam desfrutar de chás, cafés e doces do Oriente Médio.

A nova loja despertou o interesse de grupos de senhoras e senhores aposentados, que gostavam de se reunir para confraternizar. Omar incluiu no cardápio um café completo, com pães variados, frios, pastinhas de grão de bico (*homus*) e berinjela (*babaganush*), sucos, chocolate quente, mel e geleias, além de saborosas tortas de pistache e damasco.

Toda tarde havia fila na porta, com os clientes ávidos por degustar as delícias preparadas na cafeteria. Provando que tinha talento para os negócios, Ahmed fez uma proposta:

— Pai, o que acha de montarmos ali naquele espaço livre da cafeteria uma área para uma livraria, com uma ampla seleção de livros para os clientes?

— Ótima ideia! Acho que nosso público vai gostar. Podemos providenciar prateleiras e um ambiente aconchegante para leitura.

— Boa, pai!

E assim foi feito. Após uma pequena reforma, a família inaugurou a nova livraria. O local ficou ainda mais concorrido, atraindo amantes da leitura em busca de um bom livro para acompanhar seu café.

A mercearia e o café literário tornaram-se um destino popular, atraindo tanto a comunidade local quanto visitantes de outras regiões.

INSPIRAÇÃO PARA SEGUIR EM FRENTE

Para os jovens Ahmed e Ali, que auxiliavam Omar com imenso orgulho e determinação, a mercearia era muito mais que um empreendimento comercial. Ela havia se transformado em um símbolo de esperança, integração, e emanava alegria pelo resultado positivo dos esforços incansáveis de todos para construir uma nova vida em uma terra estrangeira. A pequena loja não era apenas um ponto de venda de produtos exóticos; era um portal para compartilhar e preservar a rica herança de sua cultura e história.

À medida que o negócio florescia, Ahmed emergia como uma força motriz singular. Apesar de sua pouca idade, ele possuía uma liderança nata que atraía as pessoas para a mercearia. Sua paixão contagiante, combinada com uma empatia genuína, tornava-o um farol de esperança para todos os que atravessavam as portas da loja. Ele não apenas oferecia produtos autênticos do Oriente Médio, mas também compartilhava histórias, tradições e os valores que foram moldados pela sua família e sua jornada.

E os meninos faziam questão de manter tudo muito bem arrumado.

— Ali, passe esses frascos de azeite de oliva extravirgem para cá, por favor – fala Ahmed enquanto organizava produtos nas prateleiras.

— Claro, Ahmed! Estamos sempre repondo esses. Parecem ser os produtos favoritos das pessoas.

— Sim, e é ótimo ver como eles se encantam com os produtos novos.

— Ahmed, você acredita que nós, um dia, seremos capazes de alcançar ainda mais pessoas com essa loja? – questiona Ali.

— Claro que sim, Ali! Com o esforço de todos nós, tenho certeza de que a mercearia continuará a crescer e prosperar.

Enquanto o comércio simbolizava integração e diversidade, Ali encontrava força em seu novo lar, que o acolhera calorosamente, e estava fazendo ótimos progressos na reconstrução de sua vida após os desafios que a dilaceraram. Ele encontrou em Omar uma figura paterna, em Nádia um apoio emocional sólido e a alegria de compartilhar momentos únicos com seus irmãos, um presente do destino.

Ahmed emergia como um líder natural e Ali se transformou em um amigo e confidente leal. Uma jornada dividida por ambos, marcada por perdas e superações, um laço especial que transcendia as palavras. Eles encontraram consolo um no outro, uma compreensão mútua que está além das experiências individuais. Nos momentos de silêncio compartilhados, eles encontravam força para enfrentar os fantasmas do passado e abraçar o presente com mais coragem.

A história inspiradora desta família de imigrantes é um exemplo vívido de como a resiliência e o espírito empreendedor podem transcender os limites de um sonho e provocar uma transformação profunda nas trajetórias de vida.

Essas pessoas não apenas superaram todas as adversidades, incluindo desafios linguísticos, mas também conseguiram resgatar suas raízes como comerciantes, fundando um negócio que desempenha um papel significativo na vida da comunidade onde residem. Sua influência positiva não se restringe à sua mercearia repleta de produtos; ela se estende por toda a cidade, deixando um impacto duradouro.

Os refugiados que encontraram abrigo na cidade foram particularmente tocados pela presença calorosa e acolhedora de Ahmed e Ali. A mercearia da família transformou-se em um ponto de encontro multicultural, um espaço onde pessoas de diferentes origens podiam se reunir para aprender, compartilhar e celebrar a riqueza da diversidade humana. A loja não era apenas um local de comércio, mas um refúgio de compreensão e aceitação. Os eventos organizados pelos dois irmãos não se limitavam apenas a exibir os sabores autênticos da culinária do Oriente Médio, mas também transmitiam a essência da cultura, da música e das histórias compartilhadas. A mercearia era um farol cultural, brilhando com a herança rica e variada que os refugiados trouxeram consigo. Ela se tornou um lugar onde as fronteiras culturais se desvaneciam e onde todos podiam apreciar as diferentes tradições que contribuíam para a tapeçaria multicultural da comunidade.

— Ahmed, você já parou para pensar como esta loja se tornou mais do que apenas um lugar para vender produtos?

— Você está certo, Ali. A mercearia tornou-se um ponto de encontro de culturas, um espaço onde as pessoas podem aprender e compartilhar suas experiências.

— É incrível como tantas pessoas diferentes se sentem atraídas por tudo o que oferecemos aqui.

— Isso mostra que a diversidade é algo para ser comemorado, não importa de onde viemos.

Conversas entre Ahmed e Ali na loja revelavam sua apreciação pelo que haviam criado. A loja não era mais apenas um lugar para vender produtos; havia se transformado em um símbolo da importância da diversidade. Eles acreditavam que a diversidade não era algo a ser temido, mas sim algo a ser comemorado, independentemente de onde as pessoas viessem. Eles mostraram que, quando as pessoas de diferentes origens se reúnem, compartilham suas histórias e culturas, a riqueza da experiência humana é verdadeiramente celebrada.

A DESCOBERTA DO AMOR

Alguns anos se passaram e Ahmed completou 18 anos. O garoto, que enfrentou inúmeros desafios durante sua infância, havia se transformado em um jovem forte, extrovertido e com características inteligentes. Sua natureza simpática e suas atitudes generosas continuaram a atrair olhares de todos ao seu redor, especialmente das meninas da vizinhança.

Com o passar do tempo, Ahmed amadureceu não apenas fisicamente, mas também emocionalmente. Sua inteligência era evidente em suas conquistas acadêmicas e na maneira como ele abordava os desafios da vida cotidiana. Ahmed não apenas absorvia conhecimento de forma voraz, mas também demonstrava uma habilidade impressionante em aplicar o que aprendia de maneira prática e criativa.

Ele estava muito focado nos negócios e quase não saía com os amigos, mas o destino aproximou-o de Raquel. A menina, também filha de imigrantes, conheceu Ahmed em um evento de degustação da loja.

A cena foi até engraçada. Estudante de gastronomia, Raquel estava escolhendo temperos diferentes para testar novos sabores em suas experiências culinárias, até que aconteceu um pequeno incidente. Quando foi puxar do alto de uma prateleira uma embalagem de mix de pimentas, desequilibrou-se e derrubou todos os produtos. Assustado com o estrondo, Ahmed correu em direção a Raquel.

— Olá, moça! Está tudo bem? Você se machucou? – perguntou Ahmed.

— Não me machuquei, está tudo bem. Me desculpa pela confusão. Derrubei tudo aqui. Será que quebrou alguma coisa? Eu pago o prejuízo.

— Calma! Fique tranquila! Não quebrou nada e mesmo que tivesse quebrado, a gente dava um jeito. O mais importante é que você está bem.

— Obrigada, mas quem é você?

— Eu sou Ahmed, trabalho aqui na loja. Eu nunca te vi por aqui. Qual o seu nome?

— Raquel. Eu estudo gastronomia e meu professor disse que esta loja é o melhor lugar para comprar ingredientes para receitas da culinária árabe.

— Que ótimo! Já gostei do seu professor!

— Ha, ha, ha! Que bom! E eu estou perdoada?

— Claro que sim! Como não iria perdoar uma jovem tão linda e simpática?

— Obrigada! Me acha simpática mesmo depois da confusão que eu causei aqui?

— Te achei simpática e muito bonita no meio de todos esses temperos – afirmou sorrindo.

— Você é muito gentil, Ahmed.

— Obrigado! Volte mais vezes. Vou adorar arrumar os produtos que você derrubar.

— Ah... já vi que vou ouvir isso a cada vez que te encontrar.

— Hum... Quer dizer que vamos nos ver de novo? Então aceita fazer um piquenique no próximo sábado?

— Aceito! Vou preparar uma torta deliciosa com os ingredientes da sua loja.

— Combinado, então!

Os dois trocaram telefones e marcaram os detalhes do próximo encontro.

— Agora preciso ir embora. Nos encontramos no sábado.

Na hora da despedida, Ahmed deu um beijo no rosto de Raquel.

O que eles não sabiam era que aquele encontro estava selando o amor e uma parceria de vida. Depois de algum tempo, Raquel e Ahmed começaram a namorar. Por sugestão do rapaz, ela passou a fazer suas receitas gastronômicas nos eventos da loja. O que já era um sucesso ficou ainda melhor.

A EXPANSÃO DOS NEGÓCIOS

Ahmed estava na melhor fase da sua vida. Encontrou um amor, superou com a família os traumas da guerra e prosperava nos negócios.

No entanto, ele estava determinado a fazer a sua parte para ajudar a construir um futuro digno não apenas para si, mas para todos aqueles que ainda sofriam com a guerra e a opressão. Para isso, tinha que ser ousado, e fez uma proposta ao pai: oferecer franquias da mercearia e do café para dar oportunidade a outros imigrantes.

No início, Omar hesitou. Achou um risco mexer no que já estava dando certo, mas logo pensou em todas as pessoas que ofereceram ajuda à sua família nos momentos mais difíceis da caminhada. E, ao mesmo tempo, sentia um orgulho danado do filho que, mesmo bem-sucedido, não se esquecia dos imigrantes que ainda precisavam de apoio para encarar os desafios de viver longe da terra natal.

Omar concordou com Ahmed e confiou ao filho a missão de organizar toda a concepção das franquias. Governos locais e empresários perceberam o potencial da proposta e pediram para se integrar ao projeto. Em pouco tempo, a cidade já estava tomada por mercearias e cafés gerenciados por imigrantes. Não demorou muito e o programa começou a avançar para além das fronteiras.

Ali estava realizado em ter uma família solidária, que o acolhia como filho, e sentia orgulho em colaborar com Omar e Ahmed para prosperar nos negócios e dar oportunidade a outros imigrantes. O jovem, no entanto, alimentava o sonho de ajudar os povos refugiados de outra forma. Ele queria mudar a vida das pessoas, assim como Nádia transformou sua vida após a perda da mãe.

Determinado, Ali estudou incessantemente e foi selecionado para fazer estágio na Acnur – Agência da ONU para Refugiados, dando suporte a cidadãos libaneses.

O menino que vivia atormentado com as lembranças do naufrágio assumiria a missão de proteger pessoas que foram forçadas a deixar suas casas. A notícia da partida deixou a família abalada, mas, no fundo, eles sabiam que aquela experiência seria importante. Triste foi o momento da despedida.

— Ali, tem certeza que vai nos deixar?

— Mãe, é só um estágio. Daqui a três meses estou de volta, disse o garoto.

Nádia, emocionada por Ali tê-la chamado de mãe pela primeira vez, segurou com força as mãos do filho do coração.

— Você é muito importante para nossa família.

— Eu sei, mas preciso fazer esse trabalho para enterrar de vez os fantasmas que ainda me assombram.

— Vá, então, meu filho! Ajude os povos que precisam, transmita sabedoria e faça a diferença na vida das pessoas. E quando cumprir sua missão volte, pois estaremos aqui de braços abertos. Seu irmão e seu pai precisam de você para ajudar a tocar os negócios. Não é, Ahmed?

— Com certeza, mãe! Quando Ali voltar, seu lugar estará aqui bem guardado.

— Ah, meu irmão! Obrigado por tudo que me ensinou! Mas fique sossegado porque você não vai se livrar de mim assim tão fácil! — brincou Ali.

— E você, "seu" Omar, vai continuar bancando o durão? Não mereço ao menos um abraço?

— Claro que merece! Vem aqui, rapaz.

Omar, Nádia e os filhos deram um longo e emocionante abraço em Ali.

O jovem partiu, então, para a missão mais importante e desafiadora da sua vida.

Todos estavam felizes. Afinal, solidariedade, empatia, sensibilidade com a dor do próximo e generosidade são as melhores "armas" para enfrentar a guerra.

GUERRA E PAZ

A guerra é um mar de dor
Que só traz destruição.
Não há felicidade, amor,
Só tristeza em profusão.

Guerra é o caos, paz é o equilíbrio;
Guerra é o medo, paz é a coragem.
A paz é o amor que nos livra do medo,
Que nos guia a uma vida sem naufrágio.

A guerra é um fogo ardente
Que queima corações e lares.
Só a paz, bondade clemente,
Pode unir nossos ideais tão raros.

A guerra é um monstro cruel
Que devora sonhos e desejos.
A paz é como um céu azul
Que inspira novos começos.

Guerra é sinônimo de morte,
De sofrimento e destruição.
Paz é esperança, é transporte
Para um mundo justo e sem opressão.

A paz é o amanhecer suave
Que acalenta o nosso ser.
A guerra é a escuridão grave
Que nos faz estremecer.

Mas há um caminho de luz
Que leva a uma nova direção,
Onde a paz é a virtude
E reina a cooperação.

A paz é um bálsamo suave
Que acalma a alma em turbulência.
É a união de todas as aves
Que cantam em uma só frequência.

Que possamos escolher a paz
E com ela construir um novo lar,
De mãos dadas, sem mais disfarce,
Pois a paz pode nos transformar.

Arquivo pessoal

SOBRE A AUTORA

Meu nome é **Isa Colli**. Sou uma verdadeira caipira que nasceu na pequena cidade de Presidente Kennedy, interior do Espírito Santo. Atualmente vivo em Bruxelas, na Bélgica.

Amo a natureza, adoro plantar, colher e, principalmente, comer aquilo que planto. Antes de mudar-me para a Bélgica, cultivava minha própria hortinha, pois, além da literatura, também herdei esse hábito da minha mãe. Minha "véinha" querida não pode ver um pedaço de terra sobrando que logo arruma uma muda de fruta, de roseira ou de qualquer coisa que possa ser plantada.

Meu espírito inquieto levou-me a morar em vários lugares. O mais incrível de tudo isso é que em cada um deles pude deixar minha marca, formar raízes. Já fui cabeleireira, maquiadora e jornalista. Já realizei programa de rádio, fui administradora de empresa e, nessas atividades, durante todo esse tempo, nunca parei de escrever. O que gosto mesmo é de inventar histórias.

SOBRE A ILUSTRADORA

Eu me chamo **Isabella Barbosa**, sou mãe do João Gabriel e da Maria Luísa, sou aquarelista, ilustradora e apaixonada pelo universo infantil. Nasci em Coromandel, Minas Gerais, mas resido em Brasília. Faço da arte o meu mundo mágico, no qual posso criar várias aventuras repletas de cores e afeto.